文字长成山川

牟小兵◎著

黄河出版传媒集团
宁夏人民出版社

图书在版编目（CIP）数据

文字长成山川／牟小兵著. —银川：宁夏人民出版社，2016.11
ISBN 978-7-227-06506-7

Ⅰ.①文… Ⅱ.①牟… Ⅲ.①诗集—中国—当代
Ⅳ.①I227

中国版本图书馆CIP数据核字（2016）第273518号

文字长成山川　　牟小兵　著

责任编辑　管世献
装帧设计　朱振涛
责任印制　肖　艳

黄河出版传媒集团
宁夏人民出版社　出版发行

出 版 人　王杨宝
地　　址　宁夏银川市北京东路139号出版大厦（750001）
网　　址　http://www.nxpph.com　　http://www.yrpubm.com
网上书店　http://shop126547358.taobao.com　　http://www.hh-book.com
电子信箱　nxrmcbs@126.com　　renminshe@yrpubm.com
邮购电话　0951-5019391　5052104
经　　销　全国新华书店
印刷装订　宝鸡日报印务有限公司
印刷委托书号　（宁）0003369

开本　889 mm × 1194 mm　1/32
印张　6　　字数　150千字
版次　2017年1月第1版
印次　2017年1月第1次印刷
书号　ISBN 978-7-227-06506-7/I · 1701

定价　30.00元

序

同亚莉

认识牟小兵是上世纪 80 年代的事情，我从大学毕业，分配到牟小兵所在的汽车厂上班。那个年代，是现代诗大肆流行的岁月，舒婷的《致橡树》，北岛的《回答》，余光中的《乡愁》风靡了全中国，甚至是每个文艺青年都耳熟能详、张口吟来的诗章。我们所在的汽车厂在周原岐山五丈原诸葛亮庙脚下，文艺之风盛行，每周工厂会出版一个四开版的《陕西汽车报》，第四版是文艺副刊，大家经常争先恐后地看着，寻找着自己喜欢的作品和熟悉的人，在这个报纸上面我们经常会看到牟小兵的诗，随后就认识了他本人。

时光荏苒，岁月偬倥。不经意间，大学毕业至今我们在工作和柴米油盐中不知不觉地过了已近三十年了，这些年来，我们当年许许多多的文学爱好者、文艺青年早已丢下了笔，忘记了曾经的梦想，而牟小兵却笔耕不辍，踽踽独行，一首一首地写着诗，一本一本地出着诗集，这应该是他的第四本诗集了。

他是一位骨子里浸着诗性的人，生活中的他心中有情，情中有爱，爱中有思考，内敛深厚而低调。

这是一本行者的诗，读来萦纡隐秀，跌宕起伏，却可用情感受，用心测度，有的是文采飞扬，可谓情思通千载。他充满激情、率直、担当、责任、思考的诗唤醒着我们的感情和思考，引起我们的共鸣，加深着我们对生活的价值思考及生命个体在当下的存在感。

他前期的诗歌中不断有桃花、春天、太阳、月亮等词语的出现，优美中透着忧伤，舒畅中抒发情感，清秀脱俗，隽永深刻。比如“河流走不出大地 / 桃花走不出春天”，“就像夜晚把夜晚洗得这般干净 / 成为白天宁静的倒影”这样的句子，诗集中还有许多，体现着诗人的情感寄托，让人看后既感慨万分又若有所思，不由得想透过诗句探究诗人心中的人和事，探究他的深刻寓意。再比如：“五千个汉字是五千匹骏马 / 一些马是另一些马的影子”，“死亡是时间的量具 / 而快乐 / 只是上面的尘埃”，“我所拥有的词语 / 全都睡去 / 只有留守的思想 / 独自醒着……”，“他成了自己的病人 / 他惊异地发现 / 自己是上帝处方中 / 一味低廉的草药……”诸如等等，他后面写的诗中注入了岁月的沧桑，厚重的历史，生命的价值，渗透着对艺术、情感、时空、哲理、生命、人性的思考，透过这些优美的诗句背后，展现了诗人丰富的想象、深邃的精神。他用他对生活、生命的热爱，对诗的热爱写诗，用诗丈量着青春、壮年以及生命以后的时光，用诗演绎着人生春夏秋冬的更迭变换，诠释着历史、现在与未来的推进与沉淀，用诗表达着自己厚重博大的内心和高昂气势。

没有痛苦，没有诗。

没有忧伤，没有诗。

没有想象，没有诗。

没有思考与探索，更没有诗。

有了上面，没有勤恳，没有奋发，也没有诗。希望牟小兵的诗能打动广大读者，启迪读者。希望牟小兵保持现有的状态和激情，奉献给我们文学爱好者以及广大读者更多更好的诗！是为序。

（作者系陕西省十届政协委员，宝鸡市十届、十一届政协委员，宝鸡市职工文联副主席，陕西汽车控股集团纪委书记、工会主席）

目　　录

第一辑　诸神渴了

第二辑　思想者用词语制造更多的谎言

第三辑 九万朵桃花

第四辑 从一个结束的故事开始

第五辑　我是自己的主人和敌人

第六辑　琴声长满瑶台

第八辑 真理的胃窦飞满愤怒的鸟

附录

总跋

第一辑

诸神渴了

我看到上帝的手

我看到
上帝的手
从一块石头中伸出
抓住另一块石头

他的智慧
足以让所有智慧
瞬间
灰飞烟灭

诸神渴了

诸神渴了
我从人间盗来了血
喂养他们
我是他们的监护人
也是最后的审判者

我

我，看不到
一千年的时间
却看到，一千年
以内的，事物
和以外的
秩序

就像一只，安守的龟
在时间之内，爬行
却在时间之外
生存

春风依旧浩荡

那一年，春风依旧浩荡
而你却没来，满枝的
桃花不敢落去

那一日，衣袂声中
经年的桃花不能自持，彻底堕落
灿烂若雨，翻天覆地

那时
时间是真理的过滤器
你是他唯一的真理
也是他内心鲜活的格局

孤独者语录

孤独者，是上帝的邻居
他拥有，更多的
利箭，刺破孤独

画出的每一个圆
都是一口完美的井
坐井观天

神裸着
遮蔽我们习惯的部分
叫醒身体之外，沉睡的

一直朝前，走
却怎么，离自己
越来越远

血在血中背叛

血在血中背叛
他和所有桃花密谋
行刺这个春天

我的烦恼让所有烦恼
无立锥之地
我的欢乐让一切欢乐
绝处逢生

我成为自己的复制品

奢侈的美，再打上
天使的补丁，暗藏的秋水
让妒意十足的春天，翻越
怀揣的十万朵鲜花
潜藏的恨，陷于三月的流水
坚固的城池不攻自破
玫瑰在故园里，复蹈
红颜薄命的老生常谈
那把钥匙藏在何处
密码在深夜里，奔向
思绪的深渊

一匹翻越梦境的白马
让墨守成规的词语
失去手中的缰绳
跌入，思想的陷阱
我成为自己的复制品

上帝和人相互推诿

桃花背负春天
跋涉千山万水
走遍大江南北

坐在暗示的枝头
看到局限的自己

内心奔驰的马匹
要有
灵魂丰美的草地

上帝和人相互推诿
上帝被虐
继而连累世人

相同羽毛的鸟

一只鸟在飞翔中
看到自己

同一种羽毛的反光中
一双翅膀的美

一只鸟用眼神召唤一群鸟
一群鸟用翅膀召唤天空

相同羽毛的鸟，不约而同
飞到同样的高处

那人间多像一个垃圾场

哦，再高些
看，向下看
在上帝柔和而仁慈的眼中
那人间
多像一个垃圾场

树用一只鸟和自己对话

用未来审判历史
用记忆切开时间

当自我成为非我
每朵花的开放
不仅仅是为依靠的枝头
也不只是一棵树，一片林子
而是整个春天

树用一只鸟和自己对话
那枝头的鸟成为树的一部分
它的快乐不是鸟的快乐
而是树的快乐

树用一只鸟和自己对话
它用另一种形而上的子弹
击毙自己

真理朴素而简短

春天的脚步停下来
该发生的，却掉在预谋的陷阱里
怒放的白玉兰，不再担忧

春去了，花还开着
好人死后，坏人也跟着走了
身边的时间却活着

强壮的病人和孱弱的医生
健康的去向不明
占卜者误入自设的黑洞

真理朴素而简短
却有一双长腿走遍古今

看到上帝疲惫的脸

我守候的桃花
已和春天一起私奔
而背叛自己姓氏的人
没能走出他内心的千山万水
身处黑暗也被黑暗喂养
背负身影亦被身影背负
善走夜路的英雄
手持内心的灯盏
稍不留神就会看到
上帝那张疲惫的脸

当上帝已疲倦

当上帝已疲倦
轰然睡去
我漠然的假肢，开始
替他行走

春天把春天打开
我们把自己打开
上帝把门打开

上帝只是一个词
一个代词

上帝的住处
空无一人

替春天思考的花朵

替春天思考的花朵
不堪重负
纷纷飘落

那上帝的替身
越过人间的烟火
失去唯一的假肢

人类思想的箭

我是上帝嘴里发出的词语
也是他眼中唯一的道路

我是人，背靠着所有人

前方，巨大的影子
人类思想的箭

第二辑

思想者用词语制造更多的谎言

我是谁使用的词语

由一条路，找到
又一条路
用一个梦，延续
另一个梦
用现实，替换
比梦更久远的真实

我是谁使用的词语
又是哪个时代的修辞

站在时间之外
像一个丢失了时间的人

文字长成山川

逃匿的梦境
沉湎于午夜的月光
天空的飞翔，隐于想象的
翅膀，滋生更深的
睡眠，岸是时间的盛宴
玫瑰焦虑于虚幻的，爱情
真实的表白死于咽喉
晚开的蔷薇是有意的
她那惊世骇俗的等待
让所有的等待破门而入
莲花依旧，而口吐的姿势
就像一个开始的错误
融合了那么多的荒诞结局
生存，是与自己
愈来愈远的旅途
那个早晨，文字长成山川
和另一个春天
而你，被一朵刚开的花
完美地暗杀

思想者用词语制造更多的谎言

在苏格拉底怀疑之后
我开始怀疑苏格拉底
在上帝仁慈的面孔后面
我看到仁慈的脆弱
历史的枝头结满了那么多果子
腐烂如此鲜艳
光彩夺目
像这个时代的思想

词的挽歌中
生活的盛宴在延伸
被咀嚼的时间
突然下颌脱落
为跌断的思绪
整理全身的骨骼
思想者用词语制造更多的谎言
真理的外衣有着夜晚的光滑和神秘

一条路吐出另一条路

一条路吐出另一条路
彼此依靠又相互背叛
一些错误延伸着
另一些错误
而这在一只平淡的鸟的眼中
多么卑微与不屑
它用廉价的快乐
兑换我们仅存的幸福

月亮被扔在月亮之外

月亮被扔在月亮之外
天空深陷在天空之中

每晚我都坐在三百首唐诗里
等待一年一度的桃花盛开
我担心在盛产诗歌的长安的天空
有春风轻摇着杨柳
有忙碌的细雨和燕子
也避免不了沙尘暴和坏天气
会弄脏所有蝴蝶和花朵的裙子
还有小女孩的新衣服和花手帕
面对这些我已倦于诉说
你看远方
河流奔走在河流里
大地依然站在大地上

谁陪流放的上帝饮酒

玫瑰和苹果
被无关的事物
撞飞

尼采啊
谁陪流放的上帝
饮酒

成为白天宁静的倒影

让今夜像所有夜晚一样
在我的脉管里奔走成河
声势浩大的夜晚
在沉睡的耳朵里
一个王朝在梦中交割
谁拿走了谁的江山和美人
这一切
都和以往与今夜有关
不留　丝痕迹
就像夜晚把夜晚洗得这般干净
成为白天宁静的倒影

梦的闪电

梦的闪电再快
我也会抓住追赶它的豹子
隐逸的芳香来自暗处的花朵
它让细致的窥视
长满想入非非的斑纹

反向的时间渐行渐远
在半梦半醒之间
走着一条没有尽头的路

我走在自己的梦中

我走在自己的梦中
飞翔的房屋，飞翔的火焰
是别人走在我的梦中
倒挂的河流，道路和鲜花
是我走在别人的梦中
一条没有时间，没有尽头的黑暗隧道
是梦梦见我和别人
集体无意识的山崩地裂

是梦梦见所有人
所有做梦的人

这是一次意外的孤独

时间的黄金在饱满
一串开始着色的葡萄
看到阳光细碎的舞步
正款款走向季节深处
关于这一天
诞生和死亡在遥远的村庄
风俗里的秩序自然而威严

整个黄昏陷落
这是一次意外的孤独

始终沉默的铁

饱食过火焰
也喂养过鲜花

穿过生命的一滴滴水
走过一块块坚硬的岩石

从火焰中掘井
那孤独而愤怒的铁
走进平静的铁
抓住火焰的铁
守望黑暗的铁
始终沉默的铁

阳光是一群刚睡醒的豹子

梦中，走了多年
也丢失过多次
而你，只能骑着
一只豹子，穿越
另一场梦境
追至时间尽头
直到水落石出
阳光是一群刚睡醒的豹子
眼中溢出滚滚河流

虚无主义的尾巴

月亮从天空出走之前
我要赶回人间
我要为庸碌的肉体
抓住飘散的灵魂
当阳光停在枝头
像远古的断箭
黑暗和孤独的劫处
是思想锋利的出口

所有人泊在同一个夜里
有着现实主义的胃口
浪漫主义的嘴唇
虚无主义的尾巴

一朵桃花在时间里打井

一朵桃花在时间里打井
她要用大地内心的水
浇灌唐诗和宋词
她要在春天到来前
穿过人类的血液
一朵一朵开放
一次一次救赎

时光的梦境

时光的梦境，走过
荒芜的内心，空洞得
像一个弯曲的影子
没有血肉和脊梁
把春天带来的，那只蝴蝶
舞动的翅膀引出一个
巨大而迷人的洪流
覆盖着重复和单调的琐碎
相近的面孔和表情
类似的欲望和心机
在同一条路上，完成自己
没有留下眼睛，看
青山绿水，春暖花开
没有留下耳朵，听
鸟语花香，流水叮咚
没留下思考，想
是非成败，前世今生

此刻

此刻
一些人仍旧在劳作
那春天的麦子奋不顾身
奔向世人黑暗的胃
一些人在寻找灵魂的路上狂奔
他不得不在一个个夜晚
割下人类欲望的黑色尾巴

月光的产床

梦里追赶我的，那只老虎
她的亲切，有如刚出生的母亲
一条蛇爬过窗外的蔷薇
少女对着自己陌生的身体
无辜受孕
月光的产床
温暖而洁净

第三辑

九万朵桃花

九万朵桃花

你令九万朵桃花
拦截我，相遇时
她们依然浩荡
保持着多年的脾性和嗜好
神色坚定，意气风发
一夜走遍十万里江山
而我
假以高古的琴声
或扮作超然的流水
试探朵朵桃花
捕获整个春天

弦上的流水

弦上的流水
落满高山
一把琵琶的幽怨
就是一个美人凄婉的一生
或一位英雄悲凉的一世
春风浩荡或四面楚歌
都缘于一把陈年的琵琶
缘于一双伸出琵琶的
纤细的手指
和深陷其中的无限心事
情生处玫瑰倾城
念灭时黄沙万里
春风浩荡或四面楚歌
要借助一把琵琶
一把善于诉说的琵琶

弦上的流水
流水里的江山

涉水而来的三朵莲花

涉水而来的三朵莲花
追逐她的名字
就像三千朵桃花
走过我内心的十万里江山
占领春天

哦！那个天使
她闪烁的光芒
足以让
复活者毁灭一生
或毁灭者复活一世

桃花拿着春天的圣旨

桃花拿着春天的圣旨
占领十万里江山
而那只美丽的蝴蝶
用一对轻盈的翅膀
推开千家万户的门窗

我们翻越过多少春天
就有多少幸福的密码
攥在手中

九万朵桃花
揭竿而起
一统大江南北

所有春天都一致完好

上来下去，川流不息
开往春天的列车
从不拒绝任何客人
而驶向地狱的特快
一直是最低廉的票价
从不介意贫穷与富有
也不甄别低贱和高贵
全部照单接纳，平静而从容
躲在春天隐秘的缝隙里
寻找所有比缝隙更完美的花朵
用黎明前一段安静的时光
珍藏自己丰盛而恬静的中年
意外的一声咳嗽
窗外的白玉兰就顺势开了
她呈现的纯净，让我惭愧
流年里的往事，一一袭来

所有春天都一致完好
所有思想却充满深渊

月亮是一把古老的锁

无门无窗，看不见脚步
更无需领路的乌鸦
你却能自由出入
那个灵魂的收租院
仅用一种方式，阳光
穿过玻璃
拥有两个不同的世界
月亮是一把古老的锁

虚幻的玫瑰
在意志的丛林中
处境愈发危险，音乐的手指
为风拨开一道荒芜的幽径
朝向月色水银般的深渊
没有丰富的想象
可以叙述，这个春天
也不能从内心，学会背叛
一个，自己无端仰慕的人

飞掉的词语

飞掉的词语
落下羽毛，想象
布满陷阱，劫持的手
触摸陶片，青铜及残碑
企图掠尽最后的粮食
内心长出的高山
是不能翻越的黑暗
被焦虑分割的时间
比现实中的时间更长
断流的河床，渴望一季
撕心裂肺的洪流，安抚
两岸久违的
鸟语和花香，而你
为谁，独自放牧满天星空
又将为谁，守护
身后的万里河山

莲花一闪身

莲花一闪身
给四月的清风让开一条道

莲花再闪身
隐逸成为另类的呈现

莲花不闪身
十万里江山已春风浩荡

为了你的琴音

为了你的琴音
我血液中的桃花
翻阅一座又一座山岗
涉过一条又一条河水
在春天到来前
揭竿而起

春天到来前

春天到来前
我是她的内心
春天远去后
我成为她的影子

从自己身边
一次次走失

镜子里的面目
攥在时间的手里
我，不断成为
他人和别人

原谅我

原谅我
没能为中秋的
圆月，预备一片
比内心更广阔的天空
就让我，拿出血脉中
暗藏的河流，接纳
你的劳顿和不安
就让我，把整个北方
从手掌中摊开，握住
这个季节和中秋的
月亮，以及被照亮的所有人

所有愿望

所有愿望
穿过我们的血液
在河流两岸
布满三千里桃花

梦想之河
提着时间的碎石
在黄昏
冶炼落日

把我托上水面的那朵莲花

把我托上水面的那朵莲花
安静得像一面温暖的灯笼
云依旧浮动在水里
拥着天空纯净的面孔
打开，或安静地燃烧

一场想象中的大雪
包裹了北方一冬的创伤
一幅水墨
呈现，一桩久违的往事
一幅肖像，从莲的内心
找到唯一的出口
以及仅有的表达
地域的，乡村式的表达

夜夜，跳进梦里
把梦惊醒

用梦拦截梦中漂流的人

我仍要从身体的暗处
找到光，春天
和所有美好的事物
我已记住了，你的
名字，语调和眼神
十万个白细胞的簇拥
十万个红细胞的赞美

用梦拦截梦中漂流的人
用春天唤醒春天里的一切

时间的漩涡

水落石出，最后的
结局渐次清晰
来历却开始模糊
文字沉重时，故事和传奇
却异常轻盈，流落人间
大街小巷的雪
擦掉世道的黑
有人雪下取碳
躲过美学的陷阱

声音来自远方
远方的，桃花
刚开口，就掉进
时间的漩涡

背对无限春风

你的焦虑，来自另一个人
更专治更强大的焦虑
失眠叫醒的人
个个曾在梦中
攀折桃花
我看见，曾经的
一位英雄
背对无限春风
追赶，远去的自己

不带任何行礼
那群鸽子就在天上
俯瞰人间

今天的阳光

今天的阳光，借来
祖先的阳光
让坐在盆地中央的麦子
在冬日的中午，看到一个人手中
丰富而安静的中年，怎样
在时间的水里，激荡波涛
那只屋檐下忙碌的麻雀
卑微，知足
快乐呈现简单的迷局
像祖先一样，我们用艺术的绳子
逃离生活场景和尘世的秩序
但我总是自己的敌人
内心的战争只有开始
没有结束

第四辑

从一个结束的故事开始

时间的深渊里

时间的深渊里
掉满了脑袋
沉默的石头，替他们思考

难道魔鬼，又化了妆
盗走了天使的衣裳
莫名其妙，诱惑安分的月光

流浪的灵魂
滚滚红尘中沦落成红尘滚滚
来去，都是彻头彻尾的纠结

真理是难堪的
常躲在偏见的屋檐下
浑身淋满世俗的雨水

从一个结束的故事开始

从一个结束的故事开始
又从另一个开始的故事中结束
隔着希腊神话
卡尔维诺看到了
珀尔修斯铜质盾牌上
美杜莎绝世美丽的头颅
在火焰的睡眠中
我拒绝月光对自己习惯性的素描
但我不拒绝卡尔维诺
这束来自意大利的光芒
让我惊异
一个词与一张纸之间的厚度
高过一个人与命运的距离

江山美人一堆残纸

命运和肉身相互催眠
桃花深谙春天的韵脚

世俗的缰绳系了又系
槽枥之间也有千里江山

向外的花朵和向内的春风
一网打尽千年的浮华

江山美人
一堆残纸

河流走不出大地

河流走不出大地
桃花走不出春天
千年英雄走不出半卷残书
我们走不出灵魂若隐若现的影子

在为自己预设的孤独中
你要完成在不同季节里
对自己的种植和收割
你要喂养那么多文字和想象
并让他们像一只只大鸟
把你的肉体一块一块啄空
你要堆起微笑，躬腰为生存变卖
内心积攒的阳光，星空和皎洁的月亮
你总是被时间疯狂地追赶
穷止命运的岸边腹背受敌
你总是用明天来麻醉自己
以便此刻苟且偷生
你总在梦中醒着
唯恐捉不住飞出千年后的蝴蝶
你总是在自己的影子中栖息
那灵魂的鞭子从来就不曾饶恕过你

你总是为谁把自己
无端地点燃

整个夜晚
全部成为你的灰烬

河流走不出大地
桃花走不出春天

青铜再次从矿石中走失

青铜再次从矿石中走失
无法聚集的身体回不到纯粹的内心

我骨中激荡的水声
溅满月光的银色

面对夜晚，我只能深陷其中
我要喂养我的瞳孔和黑发
从背面抵达阳光的内心

我只能站在自己的肩上
看远处的山，近处的水
怎样在苍茫的天空把自己丢失

我的存在

我的存在，只是前世
某人一个疲倦的梦境
她空前绝后的轻
在大地之上，空气之上
初春夜晚绽放的隐情
让枝头的思念颤颤悠悠
身处异地的花，依旧为
昔日的主人担忧
爱恨无缘无故
一个人的深渊，也是
一个人的天空
重复的时间里
故事更换着绯闻的内衣
而我们，已找不到那扇门
那扇来时的门

我是自己的敌人

花朵以主人的独断
撕毁指间盛大的美

我是自己的敌人
人类是人类的侵略者

让流水掩饰流水

让流水掩饰流水
用时间击败时间
在见到我之前
月光越走越疲倦
河流越走越瘦弱

再锋利的剑最终都要沦落成铁
两行冰凉的文字
就是英雄一生的注脚
就像一切起落于大地残忍的胃
而我的疼痛源于月亮隐秘的内伤

假象或一个虚词

忙碌遮蔽着空虚
让人愈来愈忙碌
也愈来愈空虚

你是别人的意志和人生
你是人世的形式及内容
你是你之外的一切

春天和远去的流水
拿着一副热闹的面具
晃来晃去
而那个上帝派来的使者
他比上帝更遥远
更空虚，也更孤独
只是一个假象或一个虚词

五千个汉字是五千匹骏马

你用你的想象喂养五千汉字
那是奔跑在你世界里的五千匹骏马
你的目光就是他们驰骋的方向
偶尔你也会独自单枪匹马
穿行于《诗经》幽静的屋檐下
或率领千军万马
一日踏尽唐诗里无限春光
五千个汉字是五千匹骏马

一些马是一些马的影子
一些马的影子在背叛一些马
那些都是健硕的马
有着代词，动词，形容词性的
在夜晚不断变换色彩的马匹
奔跑成人类梦想的马匹
那些从不疲倦
把白天驼进黑夜的马匹
那些从我眼中一跃千里的马匹
那些踩着飞燕的马匹
那些一步就能踏进
青铜和大理石的马匹

以最锋利的光芒唤醒自己

以最锋利的光芒唤醒自己
太阳从宇宙巨大的胸膛上
抬起思想的头颅
他用头颅在奔跑
他用头颅率领万物
从来都没疲倦过
那个用思想当头颅
用头颅当双脚
走遍大地的人

母亲退回大地

母亲退回大地
而父亲已从天堂出走

在时间的尽头
我敛起翅膀
安静而周到地
回头打量
那人间昨日的
花开花落
物是人非

一个声音如是说

总有一天
我会睁开眼睛
我要走到最远的高地
还清所有人类的债务

最初的音乐在她的琴音中
开始行走

花开的声音刺杀无数英雄
把路走完，把梦留下
一个声音如是说

不管走多远

不管走多远
我都要找到内心的湖泊
像鸟一样在那里筑巢
梳理自己的羽毛
舒展伴我飞翔的翅膀
寻找人类昨天丢失在城市之外的
梦想，钥匙和村庄

不管走多远
我总是沿着时间的河流
走过月光温暖的小木桥
踩着春天柔软的梯子
拨开所有词语繁茂的一片片叶子
采摘诗歌纯净而光芒四射的果子
把她还给母亲

不管走多远
哪怕是翻越锋利的云朵
和岩石寂寞而黑暗的骨头
我都要找到唯一的
灯盏和火把
照亮从此地经过的所有英雄

飞翔的鱼

我要杀死
游在血液中的
文字，象形的鱼
这最初最远的粮食
也将是人类最后的遗产

我将一一
谋杀这些汉字
进而剿灭
血液中游走的鱼

甚至要劫获，所有
做梦的鱼，飞翔的鱼

丝绸之路

阳光的金箭射向西方
长安丝绸般奢华的帝国
内心由此波澜壮阔
顺着西去的大道
一个民族辉煌的梦想
找到了释放的力量和方向
起伏的驼峰，奔驰的马匹
与一个民族自信和自豪
纠缠在一起

走过陈仓古道
顺便再带上敦煌清澈的月光
飘香的茶叶，精美的瓷器
东方的审美何其精致，又多么辽阔
碎叶城，地中海，罗马
陌生之地也是神秘之地
异域的风情呈现更丰富的秘密
而东方的抵达者在寻找中
成为更大更全的秘密

相信飞翔

以我度人
我的黑暗是别人的阴影
我的美德也成为他人的光芒
就像一只鸟，了解另一只鸟
或一群鸟
思想产生方向
也决定翅膀

我存在，只因坚守着
最崇高的血
如同鸟们
坚信飞翔

唯一的真理，让我们
拥有更多的美德

第五辑

我是自己的主人和敌人

一只词语的豹子

肉体走出肉体
到达象征的门
灵魂回归灵魂
意志鲜艳的旗帜
鼓满春风
从自然捧回的诸多意象
器皿神秘逃离
荒诞的纹饰
一只词语的豹子
跃过想象的丛林
突兀的现实，犹如
一场刚消失的梦境
生活，是同一
情景下的，深度模拟

夜宿邓林

一日，夜宿邓林
肺病复发，咳嗽不止
震落一地正处盛年的桃花
不慎
惊醒深睡多年的夸父
但见他
背起落日
踩着黑夜出走
不顾满地
正处盛年的桃花

我是自己的主人和敌人

我是自己的主人和敌人
梦把生活凌乱地倒立着
提在手中
我知道明天把自己穿戴得
像昨日一样
让我在躲避无数的锋芒中
沦落成新的锋芒
时间在时间中消失
黑暗在黑暗中生长
在成为超度众生的桥之前
怎么打埋身下
那无尽的流水

给灵魂换上坚固的脊梁

我曾给自己的灵魂
换上一个个坚固的脊梁
但最终，还是
一次一次坍塌
像一堆灰烬坍塌在
另一堆更大的灰烬中
而一滴滴水
站在无尽的水里
他的坚硬让所有坚硬的事物
柔软若水

我曾给自己的灵魂
换上一个个坚固的脊梁

一片秋叶落下

隔着世俗和欲望的
尘埃，活着
我，从未看到过
自己

一片秋叶落下
精美的，黄昏
我看见，死亡的
车辇，和赶车的
自己，飞驰而过

用时间追回时间

用时间追回时间
用天空赎回天空
头颅飞离肩膀
抓住思想的剑
内心修满宫殿的人
身体上也能横卧青山
而你只能
用星空换来星空
用山河拯救山河

此刻的描述

此刻的描述
缘于潜意识一朵迟开的桃花
和桃花下一只刚睡醒的蝴蝶
她正用舞动的双翅
放下时间的面具
让我瞬间看到你
前世绝美的容颜
随着身后的流水
缓缓走远

一副虚幻的枷锁

一次又一次
他为自己设计
那副虚幻的枷锁

那副虚幻的枷锁
让他付出了
真实的一生

一只老虎开始做梦

一只老虎开始做梦
起伏的群山更加壮阔

那些伟大的人物
隐藏在时间的深处

失眠的流水用黑暗的弓
射落无数璀璨的群星

我是一块沉默了四十年的铁
正急促地走进时光缓慢的刀锋里

一挥手就能捏碎你的骨头

这里没有黑暗也没有光明
这是最沉默的霹雳
热情澎湃的冰川
这是最清醒的梦
手里举着苦难的生活
这是最凶残的兽
在一个个庄严和诱人的身体里
狂野地偷渡
这是坚硬而锋利的影子
一挥手就能捏碎你的骨头

而我

而我
就是一面不染尘埃的镜子
万物把影像放在我的内心
而独独找不见自己
只有落下来的影子
像一条坚硬的鞭子
没日没夜
抽打我的骨头

就让这朵桃花

就让这朵桃花
从一个词语出发
截获一座城堡
满眼春光，玫瑰倾城
暗处的光阴独自悲伤
荣者自荣，哀者自伤
流水和自身的影子
在时间的镜子中成为真相
繁花落尽，世事苍茫
谁是一切真正的主宰
尘埃落处，剑戟相撞
内心的战事
没有日出和日落

和上帝对话的人

和上帝对话的人
他比上帝更孤独
拿着比夜晚更黑暗的镜子
独自放牧灵魂的马匹
把人类的苦难挂满天空

多年以后
那个和上帝对话的人
看到了自己最初的影子
比岩石更坚硬
那是上帝不慎打碎的骨头

熟悉的时光

先是知更鸟，再是画眉
他们口中的黎明丰富而精彩
只是我的梦
骑着月光急促的白马
返回自己幽深的庭院

熟悉的时光
开满陌生的花朵

无题

午后
有人穿过村庄
走入泥土

而狂欢的子宫
受孕
焦虑的床笫

灵魂狂奔的路上

灵魂狂奔的路上
一定有抱残守缺的月亮
敲击你的头骨
是复活的历史
劫持了我们
而伴随一路逃离的
是堕落的生活

他是谁

在时间巨大的链条上
忽而闪现，忽而消失
到底谁是谁的
身体和影子，一天
你怎么也认不出
自己，那张疲惫的脸
越看越陌生

他是谁
为什么和我一模一样

在梦中做梦

在梦中做梦
一只现实主义的手
让千年的沉船
浮出时间的水面

那面陷入虚无的镜子
任我出入
世间的尘埃与浮华

母亲醒着

把黄昏推远的炊烟
让远道而来的春天
驻足，歇息
词的军团
开始一场又一场
宁静的战争

灶间的烟火，照亮
母亲温暖的面庞
自足的村庄
星斗安逸，鸡犬无争

始终有童话的竹笋
在异乡的梦魇中
鲜嫩而真实伸出

此刻
就连上帝也在梦中
离开席位
只有一个人醒着
母亲醒着

第六辑

琴声长满瑶台

琴声长满瑶台

真理的马厩里
堆满时间永恒的草料

内心的波涛激荡
抚平世俗的暗礁

谁也没法扶起
倒下去的光阴

梦中，山水常怀古意
悠远的琴声，长满瑶台

归途

你是我的伤口
也是制造伤口的刀锋
那烂漫的花朵让春天迷醉
也让她遍体鳞伤

石头压在真理的头上
石头也成真理

所有方向都是一个方向
所有归途都是同一条道路

踩着词语涉水而过

踩着词语涉水而过
远处显现古老的象形
如同河里快乐的鱼
悠然自得，不易琢磨

屈原的长袖像一面旗帜
平整而舒展
李白的倒影飘逸
像挂在唐朝腰里的一把剑

盛大的光阴，挤进
一粒粒尘埃，落入
内心深处虚无的杯子

河里的阳光打湿全身
踩着词语涉水而过

无关英雄

远眺的白玉兰
目睹了，浩荡的
十万里春风

春天仍在春天远行
我陷落成一座古旧的城堡
剑藏在腰间
鞘内回荡着锋利的呼啸
无关时局，无关英雄

被自己寻找的可能

一组在夜晚闪烁不定的
时尚而隐秘的词语
出发或停泊
多少次，秘密旅行
船票是旧了的时光
所有风景都成了邮资

往事伸出惊叹的舌头
我只能再次叙述
这个春天
这个一说出
就不再拥有的
大把光阴
那被自己寻找的可能

和自己相遇

思想的留白
让虚无更富有，也更真实
从无到有，或从有到无
时间的迷宫多么灿烂
每一条出路
都别无选择

省略掉世俗的场景
和虚幻的豹子
一个人总是在午夜
和自己相遇

没有画出翅膀

没有画出翅膀
那只鸟，就已
飞向天空
风是一只
翅膀
云是另一只

我所拥有的词语

我所拥有的词语
全都睡去

只有留守的思想
独自醒着

逃离之前

流放的爱情是广阔的草原
上面奔跑着
怨恨十足的豹子
相逢未必就能抵达
灵魂幽暗的秘密花园

怨恨的豹子
终将咬碎
利爪下倒流的荆棘和鲜花
逃离之前必先深入

让我忘掉所有花朵和春天

让我忘掉所有花朵和春天
出生地，姓名
甚至，忘记自己是谁
所有来历和之外的一切
忘记遗忘本身

忘记自由精神，暗合的
自然秩序
鸟鸣声中，一朵朵
顺势而开的花朵
忘记春天和她
怀抱的美好事物
母亲所在的村庄
安静而丰富的花开花落

无题

和一棵善于思考的松树
谈论每一个宁静的黄昏

鸟的禅语是自然的
而中间，飞出
最犀利、最真实的子弹
穿越人性欲望的补丁
呼啸而过
震撼足以让所有亡者
听到声音

堕落者内心豢养的牛群
疯了，死亡之手
正缓缓给它套上
华美而迷人的项圈

私奔的玫瑰

翻越黑暗的阶梯
私奔的玫瑰正式抵达
子夜神秘的盛宴
春风比想象中更盛大
她走过的万里江山
布满十亿个鲜花的密探

谁能把折叠的时间
伸展开
抖落私欲的华丽跳蚤
而所有预谋的深渊后边
都矗立着永恒的神圣山巅

老屋

一把老镢头站在老屋
低矮的屋檐下
怀想主人，粗糙而朴实的手掌
发黄的旧时光
九月，北方挥霍着
一场连绵不断的秋雨
它让一块沉默的铁
退回自己寂寞的内心
词语躲在生活的背面
盗走思想的锈迹
被梦境劫持的村庄
渡过一片水域
抓住黎明
奔跑的文字和星光
夕阳把漫山遍野的菊花
铺向天边
而流水把崇高的内心
领到低处
我看到有限的生命
那种永恒和静美

开给自己的处方

开给自己的处方是
医不自治
我是我自己的病人
我终将死于自己的医术
死亡正被时间端在手中
穿过每一个草根和每一道皱纹
甚至月光绝美的叹息
一天，面对自己
面对一张洁白的处方

白天和夜晚
都会照亮这张 32 开的白处方
丰厚的收入及世俗的荣耀

曾经撕碎了，无数张患者
用身体购买的去天堂的门票
一些患者的身体要用
另外一些身体治疗

一株株陌生的草
在一罐沸腾的水中
彼此相识，喜结金兰
一道进入人类经络
他高超的医术被一张张处方

照亮，并在民间传诵

终有一天
他成了自己的病人
他惊异地发现
自己是上帝处方中
一味低廉的草药

水在水中醒着

水在水中醒着
火在火中睡眠

时间射出的那支箭
一半贴着泥土
一半贴着天空

破木取金
坐在灰烬中的金

虚无里虚无在诞生
荒诞中荒诞在生长

陷于白中的黑
比黑更黑
困于黑中的白
比白更白

琴与剑

一张琴让一千把剑
陷入时间的沼泽

翻越无数生命的剑
却躲不过金属自身的命运

剑成就了无数英雄
而琴养育了众多圣贤

举过头顶的剑高不出天空
放在低处的琴却高过大地

一条鱼平静地陈诉

一条鱼在用自己健壮的身体
打磨一把冰冷的刀
把血写在刀锋里
把意志和生命的诉说
全部珍藏在一把刀的记忆里

鱼先对自己说
然后对刀锋说

让所有刀锋从我的身体里奔跑
从一条鱼的梦里
到水一样柔美的时间里
我要用身体，生命和骨头
磨利一把刀

一条鱼平静地陈诉
就是一把刀终极的宿命

上帝是空虚的

上帝是空虚的
但他手里却举着
一把真实的镜子

堕落，自私，无耻
一块质地上好的遮羞布
起起落落

站在秦岭之巅的太白山

站在秦岭之巅的太白山
像一个从天宇走出的英雄
浑身披满岩石的铠甲
那无尽的峰峦是他率领的千万雄兵
浑圆的落日战鼓一样敲响
为他一次次出征和凯旋
他不可遏制的激情来自万丈光芒
和蓝天孤独而无垠的内心

我不忍走上残存的栈道
不愿再听三国的滚滚硝烟中
剑戟声和战马的嘶鸣
让峡谷高处的瀑布以狂放而清澈的歌声
涤清我眼中最后的尘埃和最初的想象
一片云从太白山的胸膛走过
远离了欲望的连绵的云，参禅悟道的云
那纯洁得令你及俗世窒息的云
再次把你引到灵魂居住的高处
而冰川依然坚守着第四纪的神态和秘密
他的执着让神圣的阳光和天空充满了敬意

大爷海，你的杯盏斟满了宁静而蔚蓝的湖水
那激荡蓝天的岩浆尘封在你往日辉煌的记忆里
不流一丝醉意的冲动给夏日漫山遍野的松涛

石海，石阵，从谁的手掌中摔撒出来
像训练有素的勇士举着一个帝国的旗帜和梦想
神龟从巨石中爬出来
探询漂移的海洋
把万年的痴梦挂满天涯

站在秦岭之巅的太白山
像一个从天宇走出的英雄

第七辑

死亡是时间的量具

一个词

我是自己的梦想
也是别人的工具

我是一个词
收放自如，忽隐忽现
或明或暗

包藏动词的力量
蕴含名词的深意

覆盖自己，遗忘自己
也记住自己

一个词收买了，他的名字
而后，并购了他的一生

死亡是时间的量具

枝头的果子
被逐出秋天
与这个时代的文明一起腐烂

你没有别人的眼光
也没有和他同样的双腿
自然走不了他人的路

后来呈现的智慧
比以往，更清晰
陡峭是倾斜的平面
落下被颠倒过的时光
与夜晚一起
挪动着她的影子

死亡是时间的量具
而快乐，只是上面的尘埃

逃亡的文字是英雄的缩写

和春天争夺出路
和时间争夺晚餐
最后的选择
是一只无路可走的豹子
虚幻之城沦为夜晚的人质

荒野的石碑成为时间的支点
逃亡的文字是英雄的缩写

为历史毁容的文字

为历史毁容的文字
储满密谋和权变
残存的石碑
却拥有完整的章回
最初的思想者，看见
另一个自己，种植
虚幻的文字
最后的祭奠者，无人祭奠
只是身边的春风
走得烂漫而无限

在上帝的余光中

在上帝的余光中
认出遗失多年的自己

那是最后人群中
唯一的生还者

顺手摘下腰间的肋骨
虔诚地还给众神

把简历留下，人类的
我不再做他的替身

对于明天

对于明天，除了想象
还可经历，黑暗卸下
夜晚的面具，他用更
深刻的黑，擦掉所有的黑
隔着数不清的事件
纠葛和稀奇古怪的矛盾
取舍，已让我们虚度一生

总有一些人，让我们神不守舍
总有一些事，让我们左右为难
总有一些时间，让我们无法选择

唯一的飞翔

先是认不出自己
然后，就认不出所有人

岸来自遥远的胃
河流出生于陌生的眼中
成长是更坚硬的记忆

蝴蝶的翅膀，来自想象中的春天
我走出的幽径，被后面的幽径
隐藏，而脚步，擦掉
所有脚步，成为
唯一的飞翔

影子谋杀身体

沉默的时间遮掩目光
影子谋杀身体
所有道具逃离现场

黑暗和时间的匕首
从玫瑰的背面弹出来
照亮月光，情人的河流
面对一片苍茫的大地
露出残酷的妒意
那思念和背叛的嗒嗒马蹄
踩踏欲望的羊肠小道
火星四射如群星灿烂的天空

一个至真、高尚的人
在午间，被自己的影子
谋杀，满地流着
阳光的血迹

那身披夜晚的黑色豹子

那身披夜晚的黑色豹子
踩过众多意象奇诡的光点
让沉默了十月的文字
突然怀胎
一双燃烧的眼睛，撕咬
另一双无辜的眼睛
所有的侵略都有
天经地义的理由
以及来历已久的依据
影子猛喊一声
梦里仅有的船划过来
飞出没有翅膀的身体
撞碎的云朵
落下，像一只只大鸟
保持着飞翔的姿态
一只撕咬内心的兽
露出满脸的笑意
那身披夜晚的黑色豹子

就像一个影子

就像一个
影子
握住匕首，刺向身体
从内到外，由里及表

美对我们的伤害
不是对象本身
而是我们自己

欲望之手在形式之外

欲望之手在形式之外
摘取意念的香艳苹果
而最初的场景愈发虚幻
什么吸引我们，我们
就会被他咬伤
这时，伤口是药物
也是记忆和遗忘

想象之弓无人拉开
而思想的箭
已射入祖先的天空
留下所有疲倦的汉字
权当人质
赎回自己，意外和偶然的

一次又一次

一次又一次
我重温，大地重复的
梦境，这冷酷的镜子
照出我落魄的影子
像诸神出走时
丢弃的旧衫

在这个春天
在所有能捡到的
春天，一次又一次
用内心测量大地
恒久未变的体温

夜正好

夜正好
没有一丝杂念
岁月在时间的容器里
成为流水，向内的隐藏
成为一种出路
水隐没于水
如同矛盾生于矛盾
但，智者不语
忙于，悟道的智者
依旧不语

一块石头，不为流水所动
多年来，只替懒惰者思考

一只梦游的豹子

解开月亮的睡衣
裹住人类的孩子

一只梦游的豹子让平静的湖泊
跳跃着想象的波澜
大地的胃痉挛得厉害
天鹅留下洁白而轻盈的羽毛
世道的假象让它
忘记了哀悼
脚下的沙砾是沧桑的泪珠

晨露在挺拔的青竹上
取走轮回的独奏

高尚者坚守自己的冷清和孤寂
堕落者却能测出欲望深渊里的高度

一条逃离海洋的鱼

一行跳跃的文字
高出身边的夜晚
平静包藏的风暴
伤口上长成的花
寂静响彻的欲望的深渊
多么辽阔的梦想
深陷意念之城

一条逃离海洋的鱼
一场背叛冬天的雪
一个走出自己命运的人

时间的列车

我们走过去
我们被碾碎
他们走过来
他们被碾碎

时间的列车
呼啸而过

谁站在高处

谁站在高处
拯救一个个消失的黄昏
让丰富而多彩的梦境
碾过同一个偏执的身体
让玩世不恭的灵魂
走出原野

天空从不喧哗

天空从不喧哗
却让大地五谷丰登
春天不曾开口
早已姹紫嫣红，良辰美景

时间的漏洞是生命的补丁
让新的混乱掩饰以往的混乱
用暂时的快乐收买明天的快乐
让忧郁长出无限春光

天空布满道路

一个梦游者找到自己
他醒在自己的睡眠中

雪落在思想者的荒原里
孤独者用更大的孤独占有自己

花朵颤悠悠走回春天
荒诞的美学没有禁忌

更多的空虚和更大的无奈
盛满期待的一生

天空布满道路，鸟的眼里
多么温暖，宽广

用上帝的水

种草，喂马
放牧黄河或更持久的
天空

走到离人更远
离上帝更近的地方
我想

用上帝端来的水
濯净双眼
再回人间

站在
生存的上面
时间的背面

第八辑

真理的胃窦飞满愤怒的鸟

不同面孔扮演同一角色

不同面孔扮演同一角色
不同角色常常会是同一面孔
今天你走在别人的路上
明天他又会走在你的桥上

你拥有的玫瑰
正和迎面而来的春天
持续着一场恶战
只有盛大的黄昏
为平淡中的奇迹
写下唯一的证词

真理的胃窦飞满愤怒的鸟

真理的胃窦飞满愤怒的鸟
时间金黄的老虎走过
梦想浩荡的谷地
它从容的美
让失眠的月光
掉进天空巨大的陷阱
夜晚的煤被扔进
内心火焰的双眼
向日葵在黑暗中
替太阳疯狂燃烧
坟墓公开死亡的密码

影子杀死玫瑰的密探

影子杀死玫瑰的密探
十亿个，红细胞
拦截，白细胞狙击

就像一个精美绝伦的
瓷器，愈擦拭
愈明亮，动人

替英雄思考的断箭

一支断箭从无边的沙漠中
醒来，他对曾经的冲动
痛不欲生

从一个英雄手里
飞出，落在另一个英雄身上
瞬间，一支箭
为成功者坚守了一世的秘密

从一双手到洞穿的咽喉
一支断箭替一位英雄思考

一支断箭，在夕阳如血的
沙漠，追问一场战争
并质疑两个曾经的英雄

无题

几十个汉字
穿过暮色中的草地
围拢过来
在一块石头上
安营扎寨
碑
在指引，也在超度
风测试着时间的硬度

磨刀

月光下
他在磨刀
他没有仇人和敌人
他只恨他自己
恨自己是个人
是个善良而无奈的人

是月光在替他磨刀
是刀在月光下
替他思考

孤独的箭

孤独的箭，射杀
第一个到达的高尚者
那人类的父亲
没来得及留下
怀中的经书和残碑
就像迷人的传说
云一样飘散在天边

就像一切沿着时间
让最后的结局找到最初的梦想
绕过祖先简单而质朴的家园
所有逝去的英雄
挽弓搭箭，向我们射来

一种可能隐藏着一万种可能

一朵桃花有着十万朵
桃花的秉性和嗜好
一种可能隐藏着
一万种可能

就像我们走过一条道路
却与无数人相遇

每个人都和自己
隔着，遥远的一生

一个夜晚窒息另一个夜晚

一个夜晚，窒息
另一个夜晚
思想者的火炬
被星斗，举在手里
明亮的事物后面
堆满黑暗的陈设

而另一个夜晚，滋生
所有夜晚
一个永恒沉默者的倾诉
刚刚开始
荷马就瞎了
众多英雄为他递来
所有光芒

死亡的镜子

正如乌鸦用黄昏
小人打着圣人的手势
为谎言铺路

阴谋一直身披美丽的外衣
正义和良知常常衣衫褴褛

死亡的镜子里
显示出死亡之外的一切

谬误的水里
晃动着真理明亮的月影

这个夜晚陈设的迷局

这个夜晚陈设的迷局
高深莫测
他和一个人独特的命运
有着惊人的相似
大地和天空互为
镜子和道路
那众神病中的呻吟
是我昙花一现的梦境
春天的夜晚
是一口完美的陷阱

想象掉进想象的陷阱

想象掉进想象的陷阱
现实呈现现实的残暴
为自己设计的脚本
总和情节有最强烈的冲突
美丽，悦耳，顺心
历来是谎言通行的密道
虚荣的垃圾要自己清理
俗世的花开在世俗的路上
不是每朵都能结出果子
相同原因未必有相同结局

想象掉进想象的陷阱
时光在自己的梦想里
开花结果

看守时间的兽

漂流的桃花为春天
写下悼词
狗吠声中夜晚在塌方
内心洪流浩荡
决堤思想坚固的岸
看守时间的兽
它利爪下的缝隙
任由我们和春天
一同出入

世界远离世界而去

第一个春天
把我置换成非我
而最后一个冬天
不由分说将我们
整体异化

我无法与自己重叠
我们不能和我们统一
世界也远离世界而去

依赖的真理

依赖的真理
无法看清
更无力描述和表达
那神秘的面孔
和迷人的手势

有时，哪怕是
全身拥有真理
也无法从衣兜里掏出
片言只语

昨天是一只飞走的鸟

从时间虚无的镜子里
伸出翅膀

昨天是一只飞走的鸟
孤独是另一只
它迷人的羽毛如此光亮
像一部真实的书

附录

诗意时间里的生命体验

○ 李清霞

有人说当今的时代是一个散文的时代，牟小兵却坚持把写诗作为自己生命存在的方式，他要"把诗还给唐朝"，因为唐朝是一个诗意的时代。在历史的长河中唐朝只是一瞬，而唐诗却创造了至高无上的、永恒的美。在唐诗浸泡中长大的诗人深深怀恋着崔护、李白的时代，在绝世的琴声中，诗人挟着崔护的桃花走过千年，寻找着桃花丛中的"人面"，却在黎明时丢掉了那枝桃花。

牟小兵的诗较少描摹当下的日常生活景观，而是将审美的眼光投注到自然、哲学、真理、存在、时间等形而上的物象上，以奇特、诡谲、繁复的意象和深刻痛苦的哲学思考表达自己对宇宙本体世界的追寻。在他看来，我们所处的世界已成为一片荒芜，"生命清澈的湖边看不到我们的倒影 / 苍茫的天空坍塌到另一边 / 或者和上帝一起已被收割 / 巨大的忧怨和无尽的忧伤裸露给大地 / 灵魂的荆棘丛一如既往的茂盛 / 月亮的钥匙也锈迹斑斑"，"我们腐烂在都市的五脏里 / 像一只只诱惑的毒菌"，孤独的男女"用欲望治疗孤独"。诗人住在最冷清的角落，孤独而落寞，他呼唤神话中的英雄再世，他要做一棵"年轻的快乐的麦子"，喂养人类的精神，他在荒芜的废墟中憧憬着未来，他看到"春天沿途追杀而来"。我们无法改变历史，也无力预测未来，但我们能把握今天，"今天"能够"从容地收藏昨天以外的日子"，"今天就是昨天和后天的 / 果子和花朵"，他坚信人类有自我救赎的愿望和能力。他说"所有人都是被父母领错的孩子”，我们只是再次从矿石中走失的“青铜”，就像“河流走不出大地”，我们也“走不出灵魂若隐若现的影子”。诗中物质与精神、现实与理想、欲与灵、世俗与脱俗纠结着、撕扯着、鞭打着诗人孤寂的灵魂，诗人在诗意的时间和空间里表达着自己独特的生命体验。

时间意识是一种生命和存在的深刻体验和感受，古人由对时间流逝的感知激发出强烈的忧患意识和悲秋情绪，从《诗经》《离骚》及曹操的《短歌行》、陈子昂的《登幽州台歌》、李白的《将进酒》、苏轼的《念奴娇 · 赤壁怀古》到文嘉的《今日诗》《明日歌》等，诗人们由时间的易逝与无常联想到人生的短促，有及时有为（及时行乐）者，有惜春悲秋感伤悲悯者，有渴望超越时间得到生命的永恒者。在当代西方生命哲学中，时间是一个重要的范畴，在有限的宇宙时间中追求生命的永恒成为哲学家与诗人共同的命题。海德格尔认为人是有时间性的存在，在时间性的审美生成中，审美主体在时间的流逝中把握永恒，实现真理的显现和意义的生成，最终达到“诗意栖居”的理想状态。潘知常说：“审美时间是时间的拯救者。审美，就意味着在无比完美而又极度浓缩的时间中生存。它使时间的长度感转化为强度感，使最为美好的瞬间从现实时间的线性之中解放出来，不再是绝对地前后相继的时间链条中的一环。”时间在牟小兵的诗里不是抽象的概念和哲学范畴，而是具象的、可感知的，他看到时间“披头散发”“端坐在岩壁上”，“衰老的牙齿嚼碎我们”，竟“没有一丝血迹掉在黄昏的怀里”，时间是这样残忍无情，在浩瀚的宇宙和历史的长河中，人类那么渺小。当“玉米走过七月”，“从普通庄稼到崇高的粮食 / 以最简单的沉默着的方式 / 用内心完成对大地和阳光的珍藏”，从而实现了生命的永恒。诗人有意将时间、真理、历史、文字等形而上的概念转换为审美意象，以表达他的哲学思考。他总是尝试以瞬间的、动态的审美意象，比如阳光、月光、春天、桃花、麦子成熟的季节等，来孕育并生成时间永恒的意义。因为“最高的美能赋予瞬间即逝的东西以永恒的意义”（罗曼·罗兰语）。瞬间的完美可以给人无穷的绵延感，时间在宁静祥和的氛围中静止充盈，阴晴圆缺、季节更替、花开花落，有限中蕴含着无限和永恒，轮回构成了时间和生命的永恒。人类文明（美）在永恒轮回中，不断丰富自己，也在有意无意中丢掉了什么，他说，“一千年的路程我只走了一夜／而今人面就在眼前／我却在黎明时丢掉了／伴我一路而来的桃花／我已不能捧出唐时的约定和信物”（《在一段绝世的琴声中》）。诗人审美的想象能够超越时空，但在飞速的奔跑中却丢掉了崔护的桃花，那“人面”还能像当年一样与桃花“相映红”吗？都市里那“用男人的财富／和虚伪的哄骗／在疗伤”（《明天是今天的药》）的女人还是琴声中，还是我追求千年的女子吗？

尽管如此，诗人从未放弃，他说，“我要喂养我的瞳孔和黑发／从背面抵达阳光的内心”，即使站在自己肩上，冒着走失灵魂的危险，也要去寻找青铜的家园，成为被桃花打伤的下一个灵魂。在诗歌中孤独行走的诗人是痛苦的，他说，“我的疼痛源于月亮隐秘的内伤”，一个人独立在梦中，他渴望成为“一只飞出时间的鸟”，成为“一朵莲花”带着所有的莲花奔跑。黑格尔说：“在一个深刻的灵魂里痛苦总不失为美。”个体生命的痛苦滋养了诗人纯粹的诗心。怀恋唐朝，驰骋在“五千匹骏马”奔腾的战阵中不是为了逃避现实，而是诗人关照现实的一种策略，汶川地震后，诗人感到“我的内心像大地的伤口一样裂开”，面对那个“用二十一个春天托起一个五岁男孩的新生”的英俊青年黄船钉，诗人充满敬意地说他“永远地走进了这个春天”，他内心永恒的光辉沿着河流在温暖的东方缓缓流淌，他是“跌落地面”的神话中的英雄，是我们民族的希望和脊梁。诗人看到“上帝那张丑陋的脸”，他清醒地意识到没有救世主，人只能靠自己寻找“温暖的村庄”，这村庄就在人纯朴的内心深处，人只有自我救赎，才能成就永恒。所以诗人要“扔掉一切”重新开始，“不管走多远”也要“拨开所有词语繁茂的一片片叶子/采摘诗歌纯净而光芒四射的果子/把她还给母亲”(《不管走多远》)。欲念、贪婪是罪恶的渊薮，也是人类社会发展的动力，在颠覆旧的价值观时，我们把花朵、爱情随罪恶的欲念一起放逐，在重新开始的瞬间，诗人选择了阳光、月亮、桃花和唐诗来滋润我们的身体、浇灌我们的心灵。“用春风、用花朵、用远古的森林/河流、草原和人类的梦想”(《明天是今天的药》)建构适合人类生存和发展的新家园，它以自然为经，唐诗为纬，浑厚饱满，清澈透亮，充满诗意和旺盛的生命力。

牟小兵追求诗歌意象的繁复与统一，“唐朝”是一个巨大的文化意象，“唐诗”和“自然”是他艺术想象力和创造力的源泉。他的诗整体感很强，追求浑然天成的气韵和境界，诗情如黄河之水奔涌直下，诗句随情感喷薄而出，有时难免凝练不足。在诗歌创作中，语词、句式、音乐、节拍、结构、画面等都是诗歌的表现要素，闻一多主张诗的音乐美、绘画美和建筑美，对新格律诗的发展做出了贡献。诗题也是诗歌重要的表意要素之一，有深化、补充诗歌内容的作用，可与诗体形成互文，比如顾城的《一代人》，全诗“黑夜给了我黑色的眼睛，我却用他寻找光明”，诗题“一代人”对抒情主体进行了界定，使这首诗成为一个时代的概括和缩影，取消或更换诗题，诗的题旨必然受到影响。用诗中蕴藉丰厚的精彩的诗句作为诗题，是常见的技巧，能更好地突出诗的主题，但对深化主题和升华诗的美学境界作用不大。另外，诗题字数过多也不利于诗歌的吟诵与传播。

最后，抒情维度的单一使他的诗境高亢飘忽有余，深邃厚重不足。拓宽创作语境，将个体的生命体验移入或投射到更广阔的时代语境中，增加诗歌现实场景和生活细节的能量，让现实与历史进行深层次的紧张的盘诘与对话，或许是诗人实现审美超越的方向和维度。

（作者系中国社会科学院博士后，著名学者）

把诗还给诗

○ 冯积岐

我和诗人牟小兵相识相交将近二十年了，对他的为人为文我是熟知的。虽然，小兵浑身挂满了诗，诗从灵魂里、心田里流出来，流上了稿纸，流进了读者的血液，使读者亢奋、沉思、回味，乃至颤抖，可是，从小兵身上读不出某些诗人做作的狂妄、自傲、疯癫和不知天高地厚，更听不见谵语、呻吟、嗲声或心律不齐。小兵总是在沉思中，在探索中，在攀登中，静静的他有小说家的沉稳、忧郁、痛苦。他像常人一样生活。尽管，他的内心汹涌澎湃，可是，他把激情化作一股浅流流淌。在他工作的单位，他是一位很有责任心的劳动者，在他写诗的地方，他是一位辛勤的园丁。对于当今文坛，小兵看得很清楚，那些蹿红的人，只有两种：一种是张牙舞爪者，这些人跳上蹿下，抓破的只是空气，距离高山还很远；一种是投机钻营者，这些人虽然捞取了一些空名，一生只在艺术大门外努力。而牟小兵这些年来只是踏踏实实地写诗，默默无闻地作文。所以，一些有良知的诗评者将牟小兵归入了宝鸡市第三代诗歌的代表诗人之一，这足以说明，他们对小兵的诗歌创作是熟知的，他们给小兵的定位也是确切的。当然，牟小兵绝不可能把自己的创作建立在某个人或某个团体对他的评价上，他相信，读者是有眼力的，时间是最公允的。一个有作为的诗人、作家，即使被淹没了，也是暂时的。

我对小兵诗作的总体感觉是，博大、深厚、含蓄、耐咀嚼；明朗而不苍白；有诗味而不晦涩；有骨气而不谄媚。他牢牢地、准确地把握着为诗之道，他勇敢地、辛勤地创造着属于自己的艺术之美。他之所以呐喊着要把诗歌还给唐朝，是因为他用自己的艺术实践把诗还给了诗。什么是诗，在我看来，牟小兵的《河流走不出大地》是诗，《把诗还给唐朝》是诗，《在月亮温柔的手背上》是诗，《最后的诗人》是诗，等等。这就是我理解的诗，只有这样的诗，才是真正的诗。

牟小兵用自己的一支笔把自己的诗和别人的诗主动地区别开来了。他的诗，就是他的诗，他的诗充满哲理，充满正气，充满自尊、同情、怜悯和人类共通的崇高情感。他用孱弱的肉体扛着诗，向前走。那些伪诗、假诗，在他的诗作面前显得那么的渺小。

小兵的诗歌中有“气”，这种气，是气味，也是气度、气节；小兵的诗歌中有“味”，这种味，只能品、只能咂，因为他是意味深长的。

对于小兵的诗，我不能一首一首地去解读，我相信读者。

（作者系陕西省作家协会副主席，著名作家）

冶炼词语的黄金

——《文字长成山川》阅读短札

〇 王可田

繁冗的词句和喋喋不休的叙说在诗歌中是可厌的，“以少胜多”“以简御繁”这种说法，不仅符合诗歌的语言学特征，切中这一文体的本质，更是揭示了诗歌对人生、社会和自然提炼、总括的运作秘径。

牟小兵诗歌最鲜明的特征，在于语言的简隽，意蕴的丰厚，一种激昂的内在精神带来诗句的饱满和力度。这些诗，无论句子、篇幅都异常短小，然而语言的凝练、节奏的短促、语势的铿锵，让人毫不犹豫地断定，诗人除了竭力提炼诗意，锤炼语言，营造意象和诗境，还企望以有限的词句统摄更多意指和更深广的内涵。

诗人在冶炼词语黄金的同时，也自然摒弃了诗歌传达过程中物象翻拍的浅陋方式，而是倾心于意象的精心营造。“桃花”和“豹子”是牟小兵诗歌中醒目的意象（当然远远不止这些），而这里的桃花却是“血液里的桃花”，豹子是“词语的豹子”。物象之真在于现实的翻拍，而意象之真则在于主客体之间的融合和统一。牟小兵的诗达到了主客体融合的更高真实，他如是说：“从自然捧回诸多意象。”

在这本诗集里，“上帝”“诸神”频频出现，但牟小兵所进行的并非某种“神圣言说”，他是借上帝或诸神之名言说自我，强化和张扬人的主体精神。“稍不留神就会看到／上帝那张疲惫的脸”“上帝和人相互推诿／上帝被虐／继而连累世人”。如果站在神学立场，这种态度确有“渎神”倾向，然而在诗学范畴内却是无可厚非的。在这里,上帝或诸神成为一种限制,一种超越性自我僭越的对象，或者是诗人为揭示现实真相而设的喻指。

这种强化和张扬的主体精神，超越性的自我在哪里呢?牟小兵的诗给予了有力的回答:“诸神渴了／我从人间盗来了血／喂养他们”,“九万朵桃花／揭竿而起／一统大江南北”。主体精神的张扬不是源于自我的盲目，而是建立在清醒认识的基础上。只有对生命存在及其依存的外在诸多事物有抵达本质的察觉和洞见，才有资格言说和褒扬自我。“我成为自己的复制品”“真理朴素而简短”“思想者用词语制造更多的谎言”，这样的表达都是牟小兵语言修炼和思想修炼的成果。

诗歌的艺术感染力不仅在于情感的真挚，还在于认知的深刻程度。就在我为牟小兵诗歌的气韵和思想深度击节赞叹的同时，也发现他写作上的一个思维惯性，像这样的句子:“让流水掩饰流水／用时间击败时间”“月亮被扔在月亮之外／天空深陷在天空之中”。这种貌似的对偶句，在这本诗集中相当普遍，句式的整饬及意义的犬牙交错只是外在形态，内在根源是一种思辨思维的应用。这种思辨思维对人的认知是一种拓宽，但相应地也会带来另一种限制。

《文字长成山川》这本诗集，凝聚了牟小兵数年的心血、情感和知识，其写作方式不随大流，有着鲜明的个人化特征。诸神和人类，真理和谎言，时间和虚无，梦境与现实，都在语言及其幻象的同一中得到呈现，诗人所冶炼的词语的黄金，也就不限于文本层面，而是更深地驻扎在精神实体、生命存在及万物的流变之中。

（作者系陕西省作协签约作家，曾获第十九届“文化杯”全国鲁藜诗歌奖一等奖，第二届“延安文学奖”评论奖）

给自己开门的国王

○李远

诗歌原是极其私密的事物。

《诗大序》中谈到诗歌的起源，说“情动于中而形于言”。这里的“情”，是思想，也是情感。把内心缥缈的思绪用文字固定下来，诗就出现了。反过来说，诗歌是认识诗人内心的途径。能够读懂诗歌，就相当于能够打开作者的心门，能够看看他有什么真切动人的情愫和精妙有趣的想法。我一直相信写诗的人是勇敢的，能把诗歌拿给大家看的人尤为勇敢。

只是一个人的诗必定不能为所有人所喜欢和了解。那种隐秘的思考和情愫，只为某部分人共有，不能为众人言。一个人如果因为读了一首诗而有所触动，感觉自己体会到了诗人所要表达的情感，那么他通过诗歌看到的是否是真的诗人、体会到的是否是诗人真正要表达的，也就不那么重要了。因为通过诗歌，读者可以看到自己。

于是，读《文字长成山川》的时候，我并没有太大的压力。在空闲的时间里，挑了咖啡屋大落地窗边的位置，放任自己靠在软软的沙发上。下午阳光正好，有益开卷。不敢妄言自己读懂了，但是我觉得自己看见了一个由诗人自己建造又亲自担任国王的国度。当我说国王的时候，是指真正的王，一个自我的、自信的、自足的人，掌控着自己的文辞，构建一个新的世界。

在“诸神渴了”的篇章中，上帝的身影常常出现。在上帝面前，需要礼拜吗？需要臣服吗？上帝可以俯视人间，感叹它“多像一个垃圾场”（《那人间多像一个垃圾场》），却不再是那个至高无上的神，不再是无所不能的造物主。取上帝而代之的是“我”，“我”可以从人间采血喂养诸神，做他们的监护人和审判者（《诸神渴了》）；“上帝的住处空无一人”，“我”可以代替疲倦的上帝行走（《当上帝已疲倦》）……诗人为自己构建了一个纯精神的国度，在其中可以任思绪飘飞，可以与神对话，代神行事。但这种沟通人间与天上的做法并非故作玄虚，也不是为了形而上而形而上，而是诗人精神力的宣泄。上帝与诸神，在诗人笔下只是一个注脚。虽然写的是上帝，人却可以与上帝对视，甚至可以成为上帝。人也不需要对上帝的伟大做出说明，因为“我”是属于我自己的，是自足的，不附庸于任何神和人。诗人建造自己的国，国王打开自己的门。至于上帝？“我”不注上帝，上帝注“我”。

诗人既然是自己的国王，他的“自我”自然不仅局限于“诸神渴了”，而是贯穿整部诗集。诗人对世界的审视跳脱出尘世，对习以为常的事物也有着不一样的感知。诗人是自足的，诗人笔下的意向自然也是自足的，并且带上了独特的烙印，为诗人所用。“我们仍要从身体的暗处 / 找到光，春天 / 和所有美好的事物”（《用梦拦截梦中漂流的人》）。一切都是独立又自足的，梦足以拦截梦中人，春天能够唤醒春天自己。

春天是最富生命力的季节，桃花和春天在诗歌中并不少见，也是诗人常用的意象。可是春天和春天是不一样的，桃花和桃花也有所不同。诗歌里的春天不是我们见惯了的小桥流水，也不是娇花嫩朵，柳绿鹅黄。“桃花拿着春天的圣旨 / 占领十万里江山”；“九万朵桃花 / 揭竿而起 / 一统大江南北”（《桃花拿着春天的圣旨》）。这里面灌注是八百里秦川的浩大和粗犷，是近乎野蛮的生命感。就文字本身而言，这种数量和空间上造成的冲击力，足以让读者被卷入这个热热闹闹的季节；就诗歌气势来说，这种横扫一切、将天地裹挟于其中的劲头，也足够让读者逃离不出这幅别开生面的复苏场面。

作为读者，我相信我见到的这个生机勃勃的王国并非自己的幻想，而是诗人在有意识地进行构建。有趣的是，诗人既是诗歌的作者，也是诗歌的第一个读者，这就意味着，诗人是最早面对自己内心的人，也是最早打开自己国门的人。他清楚地知道自己建立了一个王国，又亲手打开了自己的国门。作为读者，我也相信自己走进了这个活泼的国度，虽然可能和作者看到的有所差别，但却在其中感到战栗，得到欢喜，看到了自己想看到的，也看到了自己。这是诗人通过诗歌赋予我的，也是我自己通过诗歌感受到的。在这个国度中，“我们把自己打开”(《当上帝已疲倦》)。

因为感到欢喜的缘故，我希望你们也来看看这个给自己开门的国王所建造的国度，然后像诗人一样，打开门，也打开自己。

（作者系武汉大学文艺学在读硕士研究生）

总跋

让诗为我们留下今生的证词

◎ 白麟

《诗经》源头、《周礼》风雅——我想这句话或许最能表达一个本土写作者对宝鸡这片沃土的敬意和感激！

《诗》云："周原朊朊，堇荼如饴。"是啊，宝鸡是周秦文化的发祥地，素有炎帝故里、青铜之乡、东方佛都、文明之邦的美誉。七千年前的北首岭遗址，让我们回望先人的原始简朴；三千年前的木铎之声，又帮我们吟唱那浸满民间烟火的古风谣曲；而八十年前陇海铁路的一溜汽笛，则拉开了这座城池现代工业的序幕；当年古丝路西行的第一大驿站，如今又变成"一带一路"的重要节点……

毋庸置疑，这块皇天后土是哺育华夏文明的摇篮，是生长史诗的圣地。《诗经》《周易》《周礼》等中华传统经典均诞生于此；这里出土的"中华第一古物"石鼓文是我国最早的石刻文字，也是现存"原汁原味"最古老的诗歌；扶风才女苏惠（苏若兰）的织锦回文诗《璇玑图》，竟令女皇武则天为之作序称叹；苏轼初仕凤翔，任上有二百多篇（首）作品问世，留给这方热土的赞美诗就有三十二首；陆游在宝鸡大散关抗金九年，留下"铁马秋风大散关"的千古绝唱。更别说汉时曹操、班固、刘彻、曹植，唐有杜甫、李白、王勃、岑参、韩愈、李商隐、白居易、卢照邻、皮日休、高适、王之涣……多少过境或流寓至此的文人雅士吟诗歌赋，不胜枚举，宝鸡也因之被誉为"唐诗的西海岸"！

值得一提的是，自中国新诗诞生以来，这块热土依然偏爱文人骚客的雪泥鸿爪，茅盾、老舍、梁实秋、王亚平、索开等人的串串足印，仿若渭河上曾经的点点白帆……名噪一时的抗战诗人侯唯动是本土诗人的代表，其代表作《斗争就有胜利》等在中国诗坛上产生过广泛影响；“文化大革命”后期“七月派”诗人胡征、老八路诗人魏钢焰等诗家也曾流放这里，再次点燃宝鸡诗歌的火种。新时期以来古陈仓诗潮奔流，已然成为西部诗歌的急先锋，被新边塞诗人杨牧誉为陕西的“石河子”（诗城），在西部诗坛享有独特的地位和荣誉。

薪火相传，文脉接承。《诗经》是中国第一部诗歌总集，代表了古诗吟唱时代的群言；而1984年面世的“长安诗家”（一套十本，陕西诗人）、1985年推出的“中国当代青年诗人丛书”（一套十本，全国诗人）、1986年编印的“秦岭诗丛”（一套十本，宝鸡诗人），这些当年在中国诗坛引发强烈反响的民间诗丛，其实都是从“诗歌窑工”渭水、商子秦等主烧的“宝鸡窑”出炉的，尽管是内部出版，却预示着中国新诗的一次解放，是改革开放后自上而下中国新诗发出的群言；这次我们编辑的《阵地诗丛》囊括十一本个人诗集，也可说是吹响了新世纪宝鸡新诗界的群言。它不仅暗合着这座诗城的使命和延续，似乎也有了某种契合与意味。

十一部诗集的作者从50后到80后，年龄跨度超过30年，可见宝鸡诗歌创作并没有青黄不接。其中50后的陈汎宝刀未老，他的《清唱》激情燃烧；60后占半壁江山，范宗科的《秋天最末的忧郁》、武岐省的《行吟》、荒原子的《时光书》、牟小兵的《文字长成山川》、白麟的《在梦里飞翔》。他们稳扎稳打、厚积薄发，其中三位作者都是写作几十年了才第一次出版自己的诗集，敝帚自珍可想而知；70后秦舟的《关中吟》、柏相的《早安，首善街》、魏娜的《低语》、王金辉的《岁月顾自流淌》，他们属于实力派，状态可嘉；80后庄波的《一只在城里奔跑的小蚂蚁》，则让我们看到了希望。当然，我们期待会有更多的80后、90后、00后如雨后春笋脱颖而出，为这座诗城再添活力、再展锦绣！

之所以叫《阵地诗丛》,缘于2000年我和青年诗人马召平、秦舟发起创办的《阵地诗报》。这份诗报后由延安时期老诗人贺敬之题写报名，十五年来已出版三十期，在全国民间诗报诗刊中占有一席之地。这次由宁夏人民出版社出版的《阵地诗丛》，得感谢西部著名女诗人唐晴的成全，当然也感谢信任我而响应加盟的各位诗友，他们是当下宝鸡本土的中青年优秀诗人的代表。

今年是中国新诗诞生一百周年，我们有意在这个年份集结出征、坚守“阵地”，也是想对本土新诗创作来一次提振和展示，也是对《诗经》之乡和新诗百年最好的纪念与礼赞。

百年沧桑，世事皆空。光阴兵不血刃地湮灭了一茬又一茬人，而秦岭、渭河依然生死相依、山高水长，白云苍狗依旧我行我素、变化无常！一个渺小的人如何让自己的呼吸尽可能地长存于世，让后人看到自己的人生心迹？我想对文人而言，最实在的莫过于留下诗文了。人到中年，明知上天给予的时光不是太多，用诗歌的方式镌刻生命的轨迹，给自己留下到今生今世“来游来歌”的证词,又何尝不是一种欣慰呢！仅此，我亦感动不已。

从“文化大革命”结束的1976年算起,到今年整整四十年了。四十年来,无论新诗如何纵横流变,诗人如何才华四溢,但亲情、乡情、爱情、友情这些真情最终化作一簿簿诗情，怎不教人热泪盈眶！

此刻，一抬头就能看见秦岭的山影似波浪踊跃，渭水的波浪又似春秋大笔描画着人间的梦境……而这些，不正是我们依然爱着写作的诗人们要寻找的跳跃和胸襟吗？

2016年8月25日